樹霊

華原倫子

思潮社

樹霊

華原倫子

思潮社

装幀＝思潮社装幀室

目次

I　詩

樹霊

Ⅰ

詩

戻ってきた死者

死んで戻ってきた人間は
どこかに嫌なゆがみがあって
継ぎあてた所の湿った感じとか
痩せた骨の上の乾いた皮膚とか
なによりもいるのかいないのか
風にかき消されやすいのが問題である
体の裏側と話しているような味気ない会話
(ひどくびくびくしているなあ)
「一度死んだらわかる

死ぬのは怖いよ、ほんとうに」
鳥がどっと飛びたつ樹の陰に立って
地面に黒い影がばらばら落ちるのを見ていたりする
死んだ人間は影も死んでいるらしく
ガードレールの影と重なると、ガードレールのように見えるのが
嫌だと言う
食べる人間や泣く人間、笑う人間が苦手なのだそうだ
「詩を書く人間は、いいね」
というのも、詩を書く人間は相当に薄いからだそうで
遠く離れていても、匂いが近い
近くにいても、気配が遠い
そういうところが薄いというのか
馬のように大きな瞳をして
雪の日は、雪の降るまま
雨の日は、雨の降るまま

戻ってくるほか行くところがない
あなたも人間の死者になれば
それが、わかる

空蟬

蟬が来て
ああ、と言いながら被っていた笠を脱ぐ
ここはもっとも空の青いところ
公園の百葉箱の前である
——探しましたよ、ほかの蟬が鳴く前にすこし話しをしましょう
なぜなら、蟬の声は吸われやすい
声が声に吸われやすい
森中の声に声が吸われやすいので
ざわりと木立が鳴る
——実を言えば、朝早くに

――裂いてはいけない人の背を裂いて生まれてしまいました
――ひどく叫んでいたようですがあのままでは
――夜の雨にもろとも溺れてしまいそうだったので止むをえず
そういえば、蟬は羽の先までずぶ濡れである
ヘアピンのように丸い脚先でわたしを指さしながら
――裂いてはいけない人というのは
――あなたですよ、あなたは死蟬を生んでしまいましたねえ
そういう蟬の眼は黒くて
洞の縁を掻き落とすように内側へ言葉を落とす
つまり、遅すぎたということか
早すぎたということなのか
蟬は、爪の欠けた脚をゆっくりと両側に広げ
――だから、わたしは泥なんだよ
百葉箱の前で崩れはじめる
蟬の湿った最中のような腹を指で、押す

雨林

なぜか遠いところに水のようなものがあって
かたかたかたかたかたとこぼれているのです
雨林。
尾根に囲まれた家のベランダから
(でも、ここはわたしの家じゃあない)
だれかれの顔を思い出す
同僚の猿田先生
同僚の猪鹿先生
同僚の熊田先生

うつむいて蕎麦をすすっている
よれよれのTシャツを着ている
大声でしゃべっている
不意にふりむいたのはだれ犬の匂いがした
エレベーターの中、ゴミ袋をもった三人がま静かに立っている

晩夏の
尾根をあるくと追いかけてくる風
追いかけてくる（母のように）
追いかけてくる（鳥のように）
むらさき色の花が湧き上がる
それらはみんな深い水の中から出てきたのだ
山の奥の深い水の中から出てきたのだ
遠く流されすぎた記憶ではあるが
むかし、最後の川船を降りるとき大きな袋をもったひとが来て

あなたの服はこの中にあるから後で着てね
あなた尾根に囲まれた家に住んでいるんでしょう
家の中であなた剝き出しなんでしょう
わたし待っているから

尾根に囲まれたベランダには
錆びた手すりの味がする

お花見

さびしさの極まった風が
朝から激しくドアを閉めたので
もう大方の部屋は死んでいる
薄暗い畳の上で酢の匂いのする髪をほどき
抱きました、樹を

曇天の空から
貧しい歯のように白く花びらは散り
樹の輪郭はぐねぐねである

布団の上に広げた真っ青なシートの上で
風にまいあがる上着の裾をばたつかせながら
うす桃色の花弁に血管が透けて見える
だれかの影が頬をぬらりと舐める
紙コップの花見酒がひととおり回ったころ
不意にどすんと音を立てて
押入れの中からころげだす枝

眼科医

目が腫れてしまったので眼科に行くと
眼科医はむずかしい顔をして
「何を見たんです?」
と、わたしに言う
「何を見たんですか、こんなに腫れて」
「パソコンの画面をまいにち」
虎のようにわたしを見た
「何を見たんですって?」
「同僚の顔をまいにち」

鶴のようにわたしを見た
「何を見たのかなあ」
「窓から山をまいにち」
蜘蛛のようにわたしを見た
「何を?」
「窓から山を」
カルテに「ヤマ」と書いてから、わたしの目蓋をひっくり返す
「一日中、何かを見たりしたら、
こんなふうに腫れるにきまってるでしょう」
亀のようにわたしを見上げてきっぱり言う
「リハビリのために絵を描きなさい。
色のない絵を
輪郭のない絵を
濃淡のない絵を」
樹木のように背をかがめると

「わたしの手のうえに
わたしの首のうえに
わたしの腹のうえに」

ただし、三日は何も見ないこと
三日たったらまた来なさい
もし、またここへ来る気になったなら

岩の上の都市

ここは切り立った岩の上の都市
岩には網の目のように無数の深い亀裂が走り
入り組んだ橋を忙しく行き交ううちに
人々はたちまち隔てられてしまう
向こう側とこちら側のはるかな真下を走りぬける銀色の電車
ブラシの毛のように密生するビルの群れに
サイレンが正午を告げると
いくつもの屋上に現れる白いシャツが、手を振っている
亀裂のこちら側からわたしも手を振り返す

誰かがオレンジを投げる
誰かが潰した紙袋を投げる
ひとつは風に流れ
ひとつは窓枠に当たって落ちる
昼の日差しの中であちらのビルからもこちらのビルからも
投げ合っている、投げ合っている
わたしは手にしたジュースの缶を投げる
缶は底をひからせながらゆっくりと亀裂の間を落ち
やがて硬い響きが上がってくる
無数の腕が空にいくつもの弧を描き
そのたびに落下する無数の影が
目もくらむような亀裂の底に吸い込まれていく
投げ合うこと、夥しく投げ合うこと
これが岩の上の都市の昼休みの風景である

蘇生

弟をぶって
すぐに台所の窓から外をのぞいた
鈍色の雲が濃密に溶け出している
水たまりを踏み抜いて逃げていく後ろ姿
死んだ人の口が内側からひかっている
（ひかっている）
そんなことを言うものだから
（馬鹿なおとうと）
風のなかでふきながしのように裂ける口のなかから

それを見たのか
空と交差する黒い線
街中のまっ黒な線に鳥がとまっている
雲が濃密に溶け出している
口のなかがひかってるなんて
(馬鹿なおとうと)
くすくす、笑い声がしだいに苦しくなり
あはははは、はは
息がつまる
やめて、引っぱらないで
一度引っぱり出したらきりがないから
どこまでも煎餅のように平らな
死んだ人の口から内側を覗く
まっさかさまに
黒い線が目のなかを横切っていく

秋の遠足

大森公園の中ほどには仰向いた獣の腹のような丘があって
ぼわぼわと裸の枝が産毛のように伸びている
すべりやすい湿った道を一時間も歩くと
ようやっと一組の全員が整列する丘の上で
先生は、首からさげた銀の笛をぴいっと吹いた
「いいですかこれからは
もう、お互いの顔を見てはいけません」
そこで生徒たちは赤い体操着の上を脱いで
ばさりと頭から被る

にわかに空間が温かくなり、すぐに熱くなる
わたしたちは体操着の中で背中を丸め
握りしめた肉に尖った爪を立てる
「もう決して、見てはいけません。決して」
下の方から先生の声がする
丘が息を吐くような音を立てて
膨らみながらわたしたちを押し上げる
木の実が痛いほどばらばらと背中にあたる
遠くで長く笛が鳴り
それを合図にわたしたちは走り出す
無闇矢鱈にどすん、どすんとぶつかり合って絡み合い
次の瞬間ひとつの塊になると
丘の上で大きく傾いたのち、散り散りに落下する

剥落

ある日、
どさりっと音を立てて食堂の土壁が剥がれ落ちた
並べ終えたばかりの皿は泥だらけ
祖母は額に大きな瘤を作った
天井近くから蝶々の形に剥がれた壁
わたしたち家族は、もはや壁というものを信じることができず
できるだけ遠ざかる

雨が降るたび黒ずんでくる

塗り込められた繊維が白い毛のように立ち
壁はいつまでも崩れやまないものだから
今ではうっすらと外のひかりが見える
わたしたち家族は、もはや家というものを信じることができず
しだいに庭の方へと遠ざかる

家の中からはときおり壁の崩れる音
低木ばかりの庭にテーブルを置いて食事する
わたしたち家族はみな泥塗れの指
一日ごとに割れた皿を踏みながら
いつしかわたしは家族というものを信じることができず
終日、冷えたお茶ばかり飲んでいる

植物

古い木の引き出しを引き出され、ついにそいつは正体をあらわした
束になってくねり出す這い出す
鳥のように羽ばたいたり
魚のように粘ついたり
なにせ古い引き出しであるからなにをしようと勝手
そんなふうに思い込んでいたとしたら面の皮が厚い
きいい、きいいと鳴いているのは無理やりひらききった黄色い花びら
踏んづける
引き出しの奥にはさらにみっしりとつまった根

そこから水がざわざわ溢れ出して部屋中を泥の匂いで満たす
ぱたり、と天井から落ちてくる蔓
もう壁一面がみどりの蔓の螺旋状
もう床一面がびっしりと花粉色
摑まれた体ごとずるりずるり引き出され床に引き据えられて
ざんっと、蔓の胴切り
勢いあまって引き出しががたりと落ちる
そのときキャベツのように重なりあっていた蝶々が
青臭い匂いを立てていっせいに舞い上がる

樹木監督

死んだ父から引き継いですでに十五年
庭の樹木を見て回るのがわたしの仕事です
それにしても、きょうは影が多すぎる
おびただしく散る葉が（ゆらり）
ひとつひとつ数えて廻ればすべて三倍です
見上げれば枝の数も多すぎる（ゆらり）
ひとつひとつ数えて廻ればすべて六倍です
あちこち土を持ち上げた根が蛇のような赤い首を出している
その先からぽろぽろ生まれたいだけ虫が生まれています

虫は地面に落ちるとそこに突き刺さったまま
羽を広げ、折り重なって交尾している（ゆらり、ゆらり）
その数も数えて廻ればすべてが十の十倍です
抱える幹の真上に昇る月の澄みわたったひかり
砂のように飛ぶ虫を箒ではたき落としながら
その分の影も差し引けばつまりは元の黙阿弥です
この仕事を引き継いでからは
こんなこともよくあります

夢について

平らにしたまま運んでおいで
その月をここまで
ああ、足を怪我しているね
ぬれたままの傷跡

手のひらを上へ向けて
そう、そのまま運んでおいで
この人の夢には月が必要なのだ
樹木に月が必要なように

だれの夢にも必要なものがある
月をこの人の上に落としてあげて
そう、それからあなたの足には
白い絆創膏を貼りましょうね

草原

掌の形をした真黒な葉がうごくので
夜の草原が怖いというのか
黄昏に削られて山の形は変わり
もう白い月の匂いがする

怖いと言ったってここが一番夢に近い
夢に行って還ってくるときに
最初の足が踏む草ばかり
(どさり、　となにかが倒れる音)

真夜中の月のひかりは鋭くて
体と心が切れてしまうから
踏み出す足はいつも宙ぶらりん
(どさり、となにかが倒れる音)

いちめんの夕暮草が
ごうごうと風にゆれる
その影の中から突き出されているのは
一本だけほんとうの手のひら

針供養

「本日は、よいお天気で」
庭には、ありとあらゆる針がやってくる
コンパスの針、注射器の針
裁縫箱からの山のようなまち針
羅針盤の針、時計の針
太すぎる針、折れた針
汚れすぎた針、錆びた針
やわらかな苔の上に針がきらきらひかっている
遠くの方で鳥が鳴いている

一度も人を刺したことのない針が「痛み」について語っている
「消毒の匂いが取れなくって」
「折れた半分なんか、ほうっておけ」
みな神経質な汗をかいている
針の煌きに惹かれて遠くからやってくる蟻の群れ
針の胴体に顎が黒い輪っかのように映ると
もう咥えている
一本、一本咥えたまま
蟻は庭の池へとぽんとぽんと飛び下りる
針は日照雨のように水の中へ降りそそぎ
やがて静かに水底へ横たわる
虻がぶんぶん飛びまわる庭石の上では
さっきから蟻たちが濡れた背中を乾かしている

TIKATETU

なんだろう
ひどく暗い
ひどく匂う、それはいつも
土砂降りの雨が渦を巻いて流れおちる
大地の底から開いた穴
夜になると空へ向かってひかりを照射
昼間は日光の下の真闇
道にはかすれたペンキの跡
穴の底に向かって伸びる煤けた階段を

かつて何人もの人が降りていってそれきり帰ってこなかった
以来、だれも降りていかない
ようやく雨が上がった夕暮れの道を
傘を抱えた人々が帰ってくる
「ただいま」
「おかえりなさい」、玄関が閉まり
窓が灯る
藍色の鍋底のような空へ
穴が、遠く駅名を告げている

ひぐらし

長岡さんの家の庭には
指をぱっと開いたように木が立っている

「散らかっているのがお嫌いと聞きましたが」
長岡さんはすまなさそうに座布団をすすめる
物が増えてしまってもうすっかり
そうは言うものの部屋の中にはなにもない
あるのは虫籠と、笊に入った球根と
壁の麦わら帽子

簞笥も、戸だなも、テーブルもない
長岡さんはお茶もいれずに澄ましている

「巷ではあなたのことを、聖い人だと言っています」
つまり、樹のように、
つまり、花のように、
つまり、雲のように、
「とても、とても」
長岡さんは首をふる
わたしには真似できない
だってこんなに散らかしているんですから

開け放しの縁側からさわさわと潮風が入ってきて
障子もガラスも戸もなにもない家を吹きぬけていく
畳の上には午後の黄色いひかりが射して

そこに長岡さんとわたしの影が黒く長く落ちている

椅子も、ふとんも、日めくりもない
庭の木の影がゆっくりと入ってくる
外ではひぐらしが一面に鳴いている

水辺の花

水辺に咲いていた花の
ひやりとした感触を覚えていますか
それを絵に描いたでしょう
薄皮を剥ぐように花びらを剥がした日
桃色の線が手の中に落ちた
しじみ蝶なんかも飛んでいたでしょう
なんの慰めもなくあなたは水を見ていた

身籠った蛙がきらきら卵を散らしながら泳ぐ

葦の靡く向こうには雨雲のように
魚の影が浮かんでいる

若い一本の木
その根元に花は咲いていたのです
見知らぬ木はどんな風に打たれたのか
首がぽきりと折れて花の中に落ちていました
向こう岸では
誰かが釣り糸を垂れていました

フォーク

開いた蓋からいっせいに噴き上がる蒸気の中
ゆらゆらと吊り上げられていく食器籠
給食室の天井に張られたケーブルが
不意にがくりと止まる
すると傾いた籠の網目から
ざあっと音を立てて突き出されるフォークの先
精密な楽曲のように林立する銀の棘
この荒々しい方向性は貫かれる（貫かれた）ものの記憶
表面の液体はたちまち金属と親和し

五本のか細い指をしたたり落ちる
波のように押し寄せる熱気
洗剤の混じった廃液が床をゆっくりと流れていく
聳えたつスチール製の収納棚に向かってふたたび動き出す籠の中
女の腰のように湾曲した部分を重ね合わせながら
すでに何本かの指先は、醜く曲がっている

動く

ずるりと剝ける
がくりとはずれる
両手で覆う
押さえつける
ぽろりと落ちる
どろりとながれる
塞き止める
蠕動する
塞ぐ

筋を伸ばす
腹を曲げる
波を打つ
膨らむ
裂ける
あくびする
ああまた動く
ぴくぴくする
ねじれる
ゆがむ
お辞儀をする
まぶたがゆっくりと閉じる

貝

雨の後の海には
甲羅のような濃淡がある
ほそい管を水がのぼり
潮が満ちるとやがて
砂の中で動きはじめる
眼を失ったのはいつのことだったろう
眼のあったところから長い舌が伸び
その舌で這いまわるそこらじゅうを
殻の中の肌はいつも内側のまま

閉じたものが開く痛み
砂を吐く恍惚
流木が火に包まれるように暖かく圧してくるもの
濡れた口を開けば遠い海底で
海藻のようにわたしの髪が揺れている

溶ける山

歩道橋をのぼったところで
ちょうど山が溶けていくのが見えました
樹木の先が小刻みに震えながら
それぞれが崩れ落ちるように斜面に沈んでいきます
枝の折れる音が焚火のようにぱちぱちと立ちこめて
青い匂いがしました
そのあと土臭く
なんだか間延びしたような音をたてて全体が崩れ
流れ出していきます

低い山から順に少し高い山、もう少し高い山というように溶け広がり
油のようにねっとりとしたひかりを帯びて
近づいてくるのが見えました
そのころには周囲の山はみな溶けて
見えなかった向こう側の風景も（たぶんサイタマ県でしょうか）
見えるようになっていました
ずいぶん空が広くなってすがすがしい光景です
どこかに頂上の雪も混じっているのでしょうか
青い匂いがして
そのあと土臭く
街全体が山にのまれていくところです

電車

雨の中へ電車が入っていく
細やかな水滴に包まれた輪郭がなめらかに
世界の奥へ進んでいく
（そんな獣を飼っていてはだめだと言ったのに）
「切符を拝見」
つやつやかな車掌さんの髪を這っている虫
前の車輛から後ろ向きに白い顔が下がっていく
子どもの泣き声がかすかに聞こえる
もう掌もなにもかも黒こげになった体がしんどい

世界が徐々にほそくなって車体を撫でる
車掌さんのつややかな髪を出ていく虫
円い籠の中に揃った卵
殻を剝くのが早すぎたのだ、
開いた目の中にあなたを見たのだから
それでも飼うことにしたのでしょう、（火のような）
あなたは行き止まりまで行った、（つまりは）
耳の中で泡立つ音が聞こえる
「切符を拝見」
雨が電車を包んでいる
降りしきる雨の奥に駅が見える
駅の向こうに、海が見える

かたつむり

めぐりましょう、水の闇を
古びた輪の中に
澄んだ水を吐きながら首がゆらり
水曜の空に向かって曲がる
白い親指のように

透明な膜の上をすべってゆく
決して開かない船の窓
詰め込めるだけ詰め込んだ口を

耳に押しあてて
めぐりましょう
水の闇を

Ⅱ 短歌あるいは一行詩

団欒

冬闇の底は雨うすく障子にてかこまれている団欒しずか

夜の卓の皿ほの白く池の面にひらく花群のように押し合う

寝室で母の手紙を読んでいる手紙になってしまった母の

夢に来て泣いている母よ矛盾せず泣くこととあなたが死んだこととは

春

春まひる手紙のように君が来る　黒の自転車立ち漕ぎをして

何処なる月にひかれて水であるわれは我よりあふれてゆくか

水持ちて水打ちあえばあたたかくああ踝までぽろぽろの水

街灯に浮かぶ春雪降りゆくはこの世のすべての真っ白な虫

動物園

動物園、はるかな空へ盛りあがる毛のある背中、毛のない背中

真っ白な雲を見上げる檻の群れ　金臭き水に象の毛まじる

初夏

木漏れ日のどうと散りたる裏木戸に麦藁帽の父凭れおり

青嵐、ゆられて薔薇にさかしまのカナブンぶぶぶぶ青光りする

昼の月、枝瑞々と切り口の青く匂える薔薇焚きており

足首をとじて蛙は浮かびおり　もっとも感じやすき足首

梅雨

手水鉢、水反射してしずかなり中庭ひとひらほどの青空

椅子嚙めば椅子辛きかもじくじくと人なき家に滲みこむ時雨

長雨にひどく疲れし蜘蛛が浮く水たまりの上の遠い日輪

風

羊の風、牛の風が来る牧場の森の端より波打ちながら

アカシアの花房揺らぎひと筋の風の道より蜂あふれだす

もう蟬は鳴きましたかと聞く朝のもっとも青き空の一隅

夏

目覚めると淡き樹木の香りする雨吹き込みし網戸のあたり

木々深き庭へ雨戸は開かれて背を割る蟬のように陽をみる

夏簞笥、引き出しを白く袖が垂れこぼれる息のようなひとの名

草刈りの草焼かれたる裏庭に落ちている焦げた軍手片方

ずっしりと音せぬものの耳として蔵窓白く開かれており

鎌倉

潮だまりに軟体の口が上を向く　ひとの世界がわたしは嫌い

海映す高層ビルの窓開きふわりと赤いゴムの手のひら

海原へ空は絶え間なく沈殿す濃みどり・緑・青のさらさら

海藻のごとく頭髪揺らしつつ水の中でも眼をひらく

蓋のない紙箱の底揺れやすく蝉の抜け殻またこぼれ出す

街

朝七時、駅にさわさわ溜まりゆく時の密度がゆれはじめたり

地下鉄は地上の雨にうっすらと濡れている夢を見てきたように

アスファルトをバターのように重ねたるオリオン横町の夏の裏口

〈食品館〉冷気に曇るガラス戸に真夏が金の指押し当てる

職場

ハナミズキの赤き実膨れ手のひらに物隠す遊びクラスに流行る

「青色の雨降る森へ行きましょう」枕を噛んでうずくまる子ども

むうすんでひいらいて子が三人扉のように手を開きたり

葉桜の葉群のなかを真っ黒な犬がおりてきて会議は終わる

秋

影踏みの午後の低きを脚ながれ、高きを髪が群がりてゆく

飛ぶ子、飛ぶ子はぜる木の実の焚火して秋日の山を子は駈け下る

樹の洞の闇透きとおり絶え間なく紅葉の色がこぼれておりぬ

言の葉の水脈はつめたし夜更けて靴の縁よりあふれだす水

雪

大小の振り子揺れいる時計屋の廊下の奥に窓ひかりたり

雪の夜の人はほんのり灯るよう近づくときも離れるときも

やわらかい感情、硬い感情を茹でておりやがて一つが割れる

家族

木の家族、木の家に住みせせらぎを茶碗がひとつ流れてゆけり

夕辺には薔薇色になる大楠の枝より細く廊下は垂れる

舟底を水のひかりは照らしたり　川さかのぼる幸福な旅

台湾

仏頭果積まれてなおもさびしきか　ダッシュボードの徴兵通知

あたたかな蒸籠にならぶ饅頭の「春」の字ひらく湯気の真中に

文机の銅の水入れ水張りて墨磨る前にたばこ吸う祖父

また掏摸にバッグ切られし李阿夷冷蔵庫のドアばたんと閉める

ライス・プディング甘き棗の頂きに蠅取り紙がゆらゆら揺れる

樹霊《じゅれい》

著者
華原倫子《かはらみちこ》

発行者
小田久郎

発行所
株式会社思潮社
〒一六二―〇八四二　東京都新宿区市谷砂土原町三―十五
電話〇三（三二六七）八一五三（営業）・八一四一（編集）
ＦＡＸ〇三（三二六七）八一四二

印刷所
三報社印刷株式会社

製本所
誠製本株式会社

発行日
二〇一二年八月二十日